EL BARCO
DE VAPOR

Troti y los piojos

Begoña Oro

Ilustraciones de Alejandro Villén

sm

fundación sm

La Fundación SM destina los beneficios de las empresas SM a programas culturales y educativos, con especial atención a los colectivos más desfavorecidos.

Si quieres saber más sobre los programas de la Fundación SM, entra en **www.fundacion-sm.org**

LITERATURA**SM**•COM

Primera edición: junio de 2024

Dirección editorial: Berta Márquez
Coordinación editorial: Carolina Pérez
Dirección de arte: Lara Peces
Coordinación de arte: Mireia Rey

Impresores, 2
Parque Empresarial Prado del Espino
28660 Boadilla del Monte (Madrid)
www.grupo-sm.com

ISBN: 978-84-1182-385-2
Depósito legal: M-1943-2024
Impreso en España / *Printed in Spain*

El papel utilizado para la impresión de este libro está calificado como papel ecológico y procede de bosques gestionados de manera sostenible.

Para Willow, que tiene lo mismo
que Uri en esta historia,
¡y no me refiero a los piojos!

Este es **Troti**,
un unicornio siberiano
o elasmoterio.
Es un animal prehistórico.
Le encanta trotar,
comer y jugar.
Jugando al escondite,
cayó en un agujero
del tiempo. ¡Y ahora
ha llegado desde
la Prehistoria hasta ti!

Pero Troti no vino solo.
Con él llegó su familia prehistórica:
LA FAMILIA MUG.

A la abuela **Uma**
le encantan los cuentos,
pintar y descubrir
deportes e inventos.
Es la mayor fan
de la vida moderna.

Pop, el padre de Uri,
es hombre de pocas
palabras. Tiene el cuerpo
casi tan grande
como el corazón.

Uri es generoso, tímido
y curioso. Le encanta
hacer mimos a Troti
y pasar tiempo
con su amiga Mía.

Mía fue quien
encontró a los Mug.
Es graciosa,
impaciente y valiente.
¡Mía es muy suya!
Y ahora es vecina
de los Mug. Mía está
feliz de tener tan cerca
a sus nuevos amigos.

Los Mug están
descubriendo un montón
de cosas nuevas.
Pero tú también puedes
aprender un montón
de cosas de los Mug,
como, por ejemplo,
cómo cuidar a **Verdi**.

Troti se porta
de un modo muy extraño.
Ya no trota, TROCOTRÓN.
Ahora se revuelca por el suelo.
TROCOFRÍS FRIS.

—Troti, raro —se da cuenta Pop.

—¿Qué te pasa, Troti? —pregunta Uri.

—¡FUEGO! ¡¡FUEGO!! —grita Troti—. ¡Quema! ¡Calor!

Troti se frota contra el suelo, contra las paredes, contra el sofá...

—¡QUEMA!

Pop prueba a ponerle tiritas.

Pero no sirve de nada.
Troti se frota tanto
que las tiritas se le caen.

Pop llama preocupado a Mía.
¿Será una cosa moderna?
Pero Mía tampoco entiende
qué le pasa a Troti.

—¿Tendrá fiebre?
¿Y si lo metemos en agua fría?

Mía acude al rescate y ella y Uri meten a Troti en la bañera.

—¡FRÍO! ¡FRÍO! —grita Troti.

Pero, al menos, cuando sale, Troti parece un poco más aliviado. Sobre todo, cuando lo envuelven con las toallas.

Mía y Uri le dan abrazos y calor. Hasta que...

—¡QUEMA! ¡QUEMA!
—empieza Troti otra vez.

Troti está desesperado.
Está claro que tiene un problema.
¿Pero cuál?

Es difícil encontrar
la solución a un problema
si no se sabe cuál es el problema.

—¿Qué podemos hacer?
—pregunta Mía, rascándose la cabeza.

Al día siguiente,
Troti sigue molesto y enfurruñado.
¡Está mal! Y nadie, ni él mismo,
sabe bien qué le pasa.

Pero ahora no es el único.

Uri también siente
que le quema la nuca.
Uma nota fuego detrás de las orejas.
Y Mía también se rasca sin parar.
Solo Pop está tan fresco.

Aunque ahora está preocupado.
¿Qué les pasará a los demás?
¿Cómo podría arreglarlo?

De repente, Uri ve algo.

—¡Abuela! ¡Tienes una hormiga diminuta en el pelo!

Uri se fija bien.

—¡Dos!

Mía se acerca a mirar.

—No es una hormiga...

¡Acaba de descubrir cuál es el problemilla! ¡Y no es solo uno! ¡Son un montón de problemas!

—¡Qué desastroti! ¡Ya sé lo que pasa! —exclama Mía—. Tenemos... ¡pipis!

—Yo no tengo pis —dice Uma.

—¡No! Tenemos... ¡¡PIOJOS!!

—¿Ojos? —dice Uma.

—¿Pijos? —pregunta Pop.

—¡No! ¡¡PIOJOS!! —repite Mía.

No es la primera vez
que Mía tiene piojos. Aunque...
¿serán los piojos de Troti iguales?
¿O serán piojos prehistóricos?

—Los piojos son unos bichitos
muy pequeños. Les encanta nuestro pelo.
Y pasar de una cabeza a otra.

—Tienen un montón de hijitos
—sigue explicando Mía—.
Ponen huevos diminutos,
que se pegan al pelo.
Se llaman «liendres».

Uri se imagina su cabeza
llena de bichitos y huevos.
Empieza a rascarse a lo loco.

Pop se acerca al pelo de Troti.
Caza entre las uñas un piojo.
Lo mira con atención.
Es tan pequeño que casi ni se ve.
Sí, es como ha dicho Mía.

—¡Problema pequeño, fácil solución! —exclama feliz.

Pero, por lo que cuenta Mía, librarse de los piojos es más difícil que cazar un mamut.

A partir de ahí,
empieza la operación
«Adiós, piojos».

Uma investiga.
¡Hay un montón de inventos
modernos quita-piojos!:
aspirador, loción, vinagre
y un peine especial,
llamado lendrera.

Pop los trae a casa.
¡Uma quiere probarlo todo!

TROCOTRÓN, TROCOTRÓN,
vinagre y loción.
Se aspiran la cabeza.
Se pasan la lendrera.
Troti ríe y chilla.
¡La lendrera hace cosquillas!

Pop ayuda en la operación «Adiós, piojos».

—¡Pero, Pop! —dice Mía—. Si te acercas, te pegaremos los piojos.

—Bah —gruñe Pop. Y sigue pasando la lendrera.

Uma coge un piojo.
—¡Te pi-pillé! ¡Je, je!
Lo pone en el microscopio del abuelo de Mía. ¡Se ve todo! Sus dos antenas, sus seis patitas...

—¡Este mira-cerca
es el mejor invento del mundo!
—dice admirada.

Troti, Uri y Mía
se despiden de los piojos:
—¡Adiós, piojos!

La operación «Adiós, piojos» dura unos días. Hay que asegurarse de que no nazcan nuevos piojos.

Pop pasa la lendrera con paciencia por todas las cabezas de la casa ¡y por todo el cuerpo de Troti!

Durante esos días,
en casa de los Mug,
hay un olor muy peculiar:
Eau de Vinagre.

—¡Mmm! ¡Ñam!
—exclama Pop, olfateando a Troti.
¡Huele a ensalada!
A Pop le cuesta no darle un mordisco.
¡Le encanta la ensalada!

Días después,
¡por fin lo han conseguido!
¡Adiós a los piojos!

Troti trota feliz.
TROCOTRÓN, TROCOTRÓN,
SIN PIOJOS SE TROTA MEJOR.
Aunque...

¿Por qué ahora Pop
se rasca tanto la barba?

—Uy, uy, uy... Déjame ver
—dice Uma.

Y se acerca con el microscopio.

¡Parece que se está celebrando
un festival de piojos en la barba de Pop!
¡Hay cientos, miles de piojos!

Ni vinagre, ni aspirador,
ni lendrera, ni loción.
Miles de problemillas
requieren otra solución.

¿Cuál será?

Al día siguiente,
cuando Uri y Mía vuelven del colegio,
no ven a Pop.

—Pop tenía demasiados piojos
—dice Uma suspirando—.
Ha habido que tomar
una decisión radical.

Mía mira al sofá de Pop.
Qué raro. No está.

—¡Oh, no! —grita Mía—.
¡Uri, han echado a tu padre!
Primero, adiós, piojos, y ahora...
¡adiós, Pop!

Uri tiene ganas de llorar.
—¿En serio? ¿Dónde está papá?

Uri sale corriendo a la calle.
Mía va detrás.
Al fondo de la calle,
ven algo increíble.

Un desconocido pasea a... ¡Troti!
¡Y Troti va con él tan tranquilo,
como si nada!

¡Lo que faltaba!
Mía corre hacia ellos gritando:
—¡Ladrón de unicornios! ¡Devuélvenos a Troti!

Uri no puede ni hablar.
Primero, adiós a los piojos.
Luego, adiós, Pop.
Y ahora, un desconocido
se lleva a Troti.

¡Es más que un desastroti!
¡Es un trotidrama!

Troti ve a Mía y a Uri
y va trotando a saludarlos.
¡TROCOTRÓN, TROCOTRÓN!,
URI Y MÍA, ¡QUÉ ILUSIÓN!
El ladrón va detrás.

Cuando se encuentran,
Mía abraza a Troti y le pregunta:

—¿Cómo has podido irte
con ese señor? No lo conoces de nada.

—¿Nooo? —dice el señor
con los ojos como platos.

Bien mirado, el señor tiene los ojos igual que Pop.
Las cejas, igual que Pop.
La voz, igual que Pop...

¡Y da abrazos enormes igual que Pop!

—¡Soy yo! ¡Pop! —dice riendo.

Ríe como Pop, ¡pero no tiene ni pelo ni barba!

Uma, que ha salido detrás, lo explica:

—¡Os lo dije! Tenía demasiados piojos y tuvimos que tomar una decisión radical: ¡afeitarle el pelo y la barba! ¿A que está guapo?

—Bueno —contesta Mía—.
Sinceramente..., ¡ojalá le crezca pronto!

Pero Uri abraza fuerte fuerte
a Pop. Para él, con o sin pelo,
con o sin barba, incluso con o sin piojos,
¡Pop es el mejor padre de la historia!
¡Y de la prehistoria!

¿Y tú?

La familia que tiene piojos unida permanece unida. O, al menos, así ha sido en casa de los Mug. Lo que pasa es que, como sucede a veces con las enfermedades, unos se contagian después de otros. ¡Pero así pueden ir cuidándose unos a otros!

Mía está deseando
que a Pop le crezca la barba.
Ayúdala y dibújale a Pop su pelo
y su barba ¡o invéntate un peinado
nuevo para él!

TE CUENTO QUE ALEJANDRO VILLÉN...

... es amante de la rutina. Ni viaja ni vive aventuras, y no tiene un lugar especial. Pero en su imaginación es amaestrador de gatos, diseña robots con los que conquistar el mundo y vive en una base submarina que abandona para defender su ciudad de los terribles peligros que la acechan. De pequeño quería ser zapatero y calvo como su padre, pero acabó dedicándose al dibujo y ondeando su melena al viento.

Alejandro Villén nació en Málaga. Su espíritu inquieto le ha llevado a trabajar en todos los sectores a su alcance: publicidad, televisión, enseñanza, juegos de mesa, videojuegos, *packaging*, terror, narrativa y libros escolares. Su estilo está influenciado por los autores que le acompañaron en su infancia, artistas como Cavazzano, Scarpa, Hergé, Morris y Uderzo, de los que admira la honradez de su dibujo y la vida que dan a cada uno de sus personajes.

TE CUENTO QUE BEGOÑA ORO...

... también tuvo piojos. ¡Y también los miró por el microscopio! Siempre le ha gustado observar las cosas pequeñas. De hecho, el primer libro que escribió (*El viaje intercontinental del guardián de lo pequeño*) trataba justo de eso.

El recuerdo de aquella lejana compañía piojil no ha abandonado a Begoña durante la escritura de este libro, y por eso se ha rascado la cabeza no menos de ciento cuarenta y ocho veces durante su redacción.

Ahora Begoña solo tiene pájaros en la cabeza. No imagines que un petirrojo anida en su pelo. Es solo una forma de decir que es una soñadora.

Begoña Oro nació en Zaragoza. Fue editora y traductora. Es autora de colecciones como *La pandilla de la ardilla* y *Misterios a domicilio*. Le encanta escribir poesía.

Ha recibido premios como el Gran Angular, el Premio Hache o el Premio Jaén. Algunos de sus libros se han traducido al alemán, coreano, griego, lituano, persa y otras lenguas.

Si quieres saber más sobre Begoña Oro, visita su web:

www.begonaoro.es